D1302395

The Parrot Club

How Puerto Rico's Parrots Lost their Colors

by Nancy Hooper

translated by Jacqueline Quiñones
illustrated by Raymond Betancourt

This book belongs to:

____

www.readstreetpublishing.com

Printed 2008

ISBN: 978-0-942929-27-0

Printed in China

Send all inquiries to:
Read Street Publishing Inc.
133 West Read Street
Baltimore, MD 21201

Toll-free (888) 964-BOOK
http://www.readstreetpublishing.com

Story: Nancy Hooper
Translation: Jacqueline Quiñones
Illustration: Raymond Betancourt
Cover Design: Richard Gottesman
Layout: Sutileza Graphics

Dedications

To my children Megan and Daniel, and our happy years in Puerto Rico
Nancy Hooper

To my dear husband, Richard
Jacqueline Quiñones

To my nieces, Nalani, Amber and Arianna
Raymond Betancourt

The beautiful Puerto Rican parrot is a bright green bird with a red forehead and wide, white eye rings. When the Spaniards colonized Puerto Rico it is estimated that the population of parrots was about a million. During subsequent centuries, 85% of the island suffered deforestation. The only large trees remaining for the parrots to nest in were found mostly in the Caribbean National Forest (*El Yunque*). The population of the parrots was greatly reduced until laws were passed prohibiting hunting of parrots in the forest. In 1968, the Puerto Rican parrot was put on the endangered species list, kicking off a collaborative effort by the U.S. Fish and Wildlife Service and the Puerto Rico Department of Natural Resources to rescue the species. In *El Yunque* there is a parrot aviary run by the federal Fish and Wildlife Service. Today the population of parrots in the forest is less than 50, but every year individual parrots and pairs raised in captivity are released, and the rate of survival of the species is on the rise.

Once upon a time on the enchanting island of Puerto Rico, there lived a wild flock of beautiful parrots.

Their heads and bodies were a luscious shade of green and their feathers were brilliant stripes of red, green, blue, orange and yellow.

When their wings were spread, they looked like tiny rainbows in the sky.

Not only did the parrots have great beauty, they also had voices that sounded like musical instruments. When they sang together, they made wonderful, sweet-sounding music.

As they soared from one side of the island to the other, everyone stopped to look up; they loved to see and listen to the parrots.

But as time went on, the beautiful parrots began to admire themselves too much! Each day, they complimented one another on their fabulous looks and great musical ability.

Finally, they decided they were so special, they would form their own club, "The Parrot Club." The rules were that no ordinary bird, fish, or other creature could join the club.

Oh, how proud they were of themselves.

Every day, the parrots flew from one end of the island to the other.

They sunned themselves in the huge coconut palms near the beach, and cooled off in the deep darkness of the *El Yunque* Rain Forest.

They flew high into the mountains in the center of the island, and soared on the wind currents deep into the valleys.

They especially loved to soar, since they could admire their rainbow wings against the brilliant blue sky.

One day, as it started to get dark, they heard the coquís singing. These tiny, tiny frogs made a two-note noise as they sang out their name,

“Co-quí, co-quí, co-quí.”

And the parrots looked down on the coquís and said, “Have you heard that we have a club now? We are the parrot club!”

“Can we join your club?” the coquís asked.

But the parrots laughed as they flew over them. “Of course you can’t join our club! You are not as beautiful as we are and you cannot sing as beautifully as we do.”

The coquís were saddened to hear this, but carried on with their evening lullaby, singing the island to sleep.

“Co-quí, co-quí, co-quí.”

The next day, the parrots saw tiny hermit crabs scurrying along the beach. They seemed to be having such a good time digging in the soft sand, making their tunnels and homes.

But the parrots looked down at them and said, “Have you heard that we have a club now? We are the parrot club!”

And the crabs asked, “Can we join your club?”

“Of course you can’t be in our club,” they said; “you are not as beautiful as we are and you cannot sing at all.”

The crabs were saddened to hear this, but carried on the building of their tunnels, and running sideways on the sand.

Later, the parrots saw some lizards sunning themselves on the beach. The lizards usually spent the whole day soaking up the sun and amused themselves by darting across the sand and up onto the tree trunks.

The parrots looked down on the lizards and said, “Have you heard that we have a club now? We are the parrot club!”

And the lizards asked, “Can we join your club?” The parrots laughed and said, “Of course you can’t be in our club. You are not as beautiful as we are and you cannot sing.”

The lizards were saddened to hear this, but continued to enjoy the splendid tropical sunshine.

The next day, the parrots flew across the beaches of the island and above the crystal-clear ocean. They thought they looked especially gorgeous as they gazed at their reflections in the water.

Soon, they could see a school of grey fish swimming in the ocean. Looking down at them, the parrots said, “Have you heard that we have a club now? We are the parrot club.” And the fish asked, “Can we join your club?”

The parrots laughed, “Of course you can’t be in our club. You are not as beautiful as we are. You cannot sing like we do.”

And the fish, who were very clever fish, replied, “Well, we have our own club! And anyone can join our club, except parrots!”

“What? What? Why can’t we join?” the parrots sputtered, getting angry at the fish. “What is so good about being in a fish club anyway? We’re coming to see for ourselves.”

And without thinking, they flew high up into the sky, turned, and flying as fast as they could, headed straight into the ocean.

As the parrots dove into the water, they began coughing and sputtering as they choked on great amounts of salty sea water. As they called to each other, they realized that the salt water had changed their wonderful singing voices to ugly squawking.

And to make matters worse...

...all the wonderful colors of their wing feathers were washing off and floating in layers in the ocean.

As the fish club swam through that water, the colors stuck to their scales in the most brilliant patterns and designs.

The parrots were shocked to find that they had lost all their brilliant colors and their singing voices, too. They were very sorry that they had ever thought of a parrot-only club.

The fish, hearing them squawking, said "We agree; forming a club just for fish, or just for parrots, was a bad idea. Let's make one club for every creature of the island." The coquís, crabs and lizards all yelled "what a brilliant idea!"

The parrots were overjoyed that their bad behavior had been forgiven, and were so glad the fish had suggested one club for all creatures. They even began to like the lovely green shadings of their feathers.

And that is why, to this day, all the creatures of Puerto Rico appreciate each other's uniqueness and live in harmony in their home on The Island of Enchantment.

the end

Puerto Rico

Atlantic Ocean

El Yunque
Caribbean National Forest

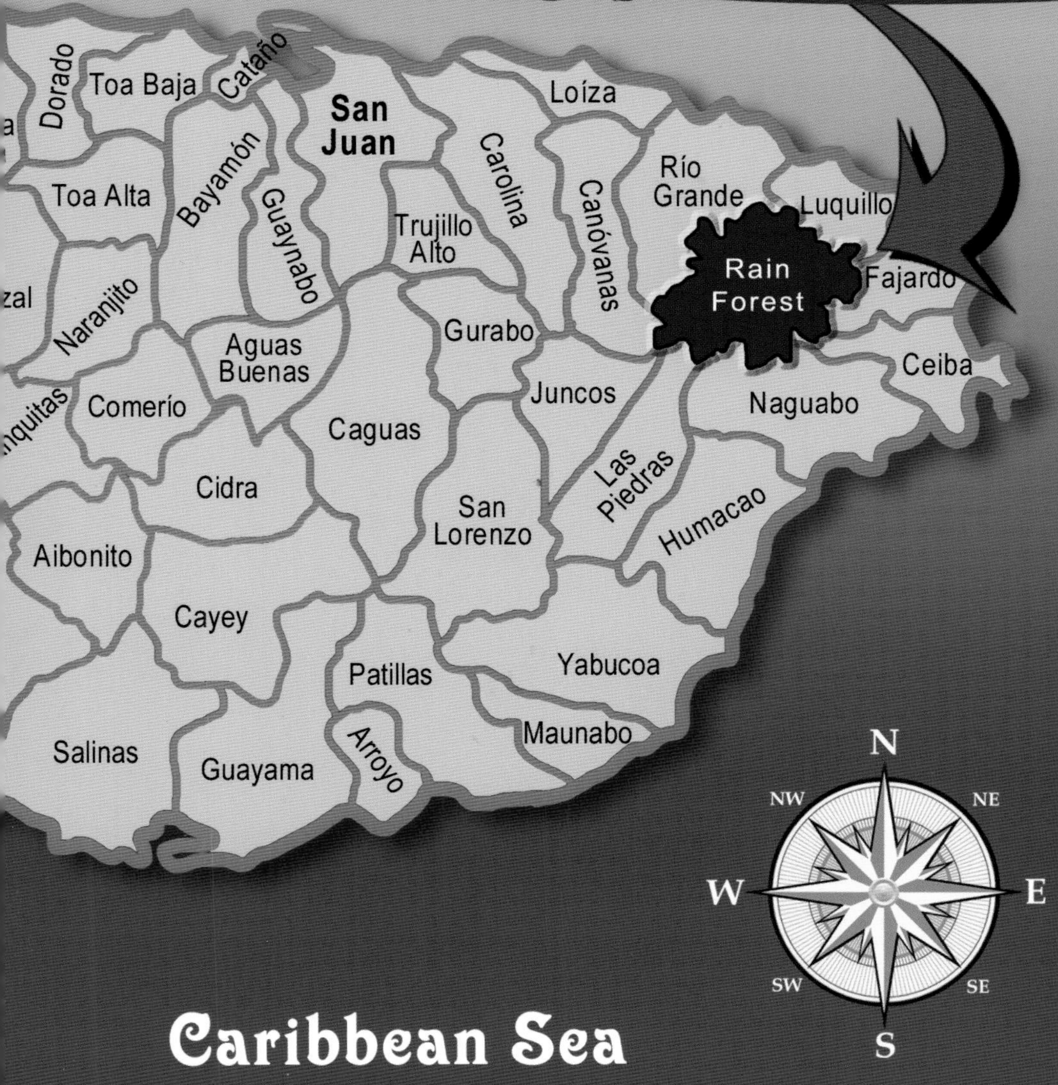
Dorado
Toa Baja
Cataño
San Juan
Loíza
Toa Alta
Bayamón
Guaynabo
Carolina
Canóvanas
Río Grande
Luquillo
Trujillo Alto
Rain Forest
Fajardo
Naranjito
Aguas Buenas
Gurabo
Ceiba
Comerío
Juncos
Naguabo
Caguas
Cidra
Las Piedras
San Lorenzo
Humacao
Aibonito
Cayey
Patillas
Yabucoa
Maunabo
Salinas
Guayama
Arroyo
N
NW
NE
W
E
SW
SE
S
Caribbean Sea

Club Cotorra

Cómo las cotorras de Puerto Rico perdieron sus colores

por Nancy Hooper

traducido al español por Jacqueline Quiñones
ilustrado por Raymond Betancourt

Este libro pertenece a:

____

www.readstreetpublishing.com

Printed 2008

ISBN: 978-0-942929-27-0

Printed in China

Send all inquiries to:
Read Street Publishing Inc.
133 West Read Street
Baltimore, MD 21201

Toll-free (888) 964-BOOK
http://www.readstreetpublishing.com

Story: Nancy Hooper
Translation: Jacqueline Quiñones
Illustration: Raymond Betancourt
Cover Design: Richard Gottesman
Layout: Sutileza Graphics

Sutileza
GRAPHICS

Dedicaciones

Para mis hijos Megan y Daniel, y nuestros
años felices en Puerto Rico
Nancy Hooper

Para mi esposo querido, Ricardo
Jacqueline Quiñones

Para mis sobrinas, Nalani, Amber and Arianna
Raymond Betancourt

La bella cotorra puertorriqueña o "iguaca" (como la llamaban los taínos) es un ave verde brillante con una banda roja en la frente, un anillo blanco alrededor del ojo y las plumas primarias azules. Se estima que cuando los españoles colonizaron a Puerto Rico la población de cotorras alcanzaba el millón de individuos. Durante los siglos siguientes, se cree que el 85% de la isla se ha deforestado. Las cotorras solo encontraban los grandes árboles que necesitaban para anidar en el protegido Bosque Nacional El Yunque. La población de cotorras disminuyó considerablemente hasta que se pasaron leyes que prohibían la caza de éstas en el bosque. En 1968, la cotorra puertorriqueña se incluyó en la Lista Federal de Especies en Peligro de Extinción, comenzando un esfuerzo colaborativo para recuperar esta importante especie entre el Servicio Federal de Pesca y Vida Silvestre y el Departamento de Recursos Naturales y Ambientales. En el Bosque Nacional El Yunque se ha creado un aviario de cotorras administrada por el Servicio de Pesca y Vida Silvestre federal. La población actual en el bosque es de menos de 50 aves, pero, cada año, se liberan individuos y parejas criados en cautiverio y su índice de supervivencia es alentador.

Había una vez en la isla encantadora de Puerto Rico una bandada salvaje de bellas cotorras.

Sus cabezas y cuerpos eran de un matiz exquisito de verde y sus plumas tenían rayas brillantes en rojo, verde, azul, anaranjado y amarillo.

Cuando desplegaban sus alas, parecían pequeños arco irises en el cielo.

No solo tenían gran belleza, sino también tenían voces que sonaban como instrumentos musicales. Cuando cantaban juntas creaban una música maravillosa y melodiosa.

Todos paraban para mirar hacia el cielo cuando las cotorras volaban alto desde un lado de la isla hasta el otro. A la gente le encantaba mirarlas y escucharlas.

Pero al pasar el tiempo, las cotorras bellas empezaron a admirarse demasiado. Cada día se felicitaban por su belleza y su gran habilidad musical.

Por fin decidieron que eran tan especiales que iban a formar su propio club de cotorras llamado Club Cotorra. Según las reglas del club que formaron, no se permitían ni otros pájaros, ni peces ni ninguna otra criatura.

Las cotorras se sentían ¡muy orgullosas!

Todos los días las cotorras volaban desde un lado de la isla hasta el otro lado.

Tomaban sol en las palmas gigantes cerca de la playa y se refrescaban en la oscuridad recóndita del Yunque.

Volaban alto en las montañas en medio de la isla y se planeaban en la corriente del viento en las profundidades de los valles.

Especialmente les gustaba planearse porque así podían admirar sus alas de arco iris contra el cielo azul brillante.

Un día al atardecer las cotorras oyeron a los coquíes cantando. Estas ranas pequeñitas cantaban su nombre en dos notas:

—Co-quí, co-quí, co-quí.

Las cotorras miraron hacia abajo a los coquíes y les dijeron:

—¿Han oído hablar de nuestro nuevo club? ¡Somos el Club Cotorra!

—¿Podemos hacernos socios de su club?— preguntaron los coquíes.

Pero las cotorras se rieron mientras volaban por encima de los coquíes.

—¡Imposible, no pueden ser socios de nuestro club! Ustedes no son guapos ni pueden cantar como las cotorras.

Los coquíes se entristecieron al oír esto, pero siguieron cantando su canción de cuna, hasta que todos en la isla se quedaron dormidos.

—Co-quí, co-quí, co-quí.

El próximo día las cotorras vieron unos cangrejitos ermitaños corriendo por la playa. Parecían muy contentos cavando en la arena blanda y excavando sus túneles y sus hogares.

Pero las cotorras miraron hacia abajo a los cangrejitos y les dijeron:

—¿Han oído hablar de nuestro nuevo club? ¡Somos el Club Cotorra!

Y los cangrejitos preguntaron:

—¿Podemos hacernos socios de su club?

Pero las cotorras se rieron.

—¡Imposible, no pueden ser socios de nuestro club!—dijeron—. Ustedes no son guapos y realmente no saben cantar.

Los cangrejitos se entristecieron al oír esto, pero siguieron construyendo sus túneles y corriendo de lado por la arena.

Más tarde las cotorras vieron unas lagartijas tomando sol en la playa. Las lagartijas pasaban el día tomando sol y se entretenían corriendo por la arena y trepando a los troncos de los árboles.

Las cotorras miraron hacia abajo a las lagartijas y les dijeron:

—¿Han oído hablar de nuestro nuevo club? ¡Somos el Club Cotorra!

Y las lagartijas preguntaron:

—¿Podemos hacernos socios de su club?

Las cotorras se rieron de nuevo y les dijeron:

—¡Imposible, no pueden ser socios de nuestro club! Ustedes no son tan bellas como las cotorras y no saben cantar.

Las lagartijas se entristecieron al oír esto, pero siguieron disfrutando del espléndido sol tropical.

El día siguiente las cotorras volaron por las playas de La Isla y sobre el mar cristalino. Pensaban que se veían hermosísimas mientras se miraban fijamente en los reflejos del agua.

Pronto vieron un banco de peces grises nadando en el mar. Mirando hacia abajo a los peces las cotorras les dijeron:

—¿Han oído hablar de nuestro nuevo club? ¡Somos el Club Cotorra!

Y los peces les preguntaron:

—¿Podemos hacernos socios de su club?

Las cotorras se rieron:

—¡Imposible, no pueden ser socios de nuestro club! Ustedes no son tan guapos y nosotras sí somos muy guapas. Ni siquiera pueden cantar como nosotras.

Y los peces listos les respondieron:

—Pues nosotros tenemos ¡nuestro propio club! Y todos pueden ser socios, ¡menos las cotorras!

—¿Qué qué? ¿Por qué no podemos ser socios?— petardearon las cotorras, enfadándose con los peces—. Y además, ¿qué ventaja hay en ser parte de un club de peces? ¡Ya veremos!

Y sin pensarlo dos veces, volaron alto sobre el cielo, viraron, y volando lo más rápido posible se zambulleron directamente en el mar.

Enseguida empezaron a toser y petardear al atragantarse con galones de agua salada del mar. Cuando trataron de llamarse entre ellas, se dieron cuenta de que el agua salada les había cambiado sus voces y en vez de cantar con voz bella solo podían graznar con voz fea.

Y para empeorar las cosas...

Los colores magníficos de sus plumas desaparecieron, y los colores quedaron flotando en capas en el mar.

Mientras el banco de peces nadaba en el agua, los colores se les pegaron a sus escamas en diseños brillantes.

Las cotorras no sabían que hacer al encontrarse sin sus colores brillantes y tampoco sin sus voces bellas. Tenían mucha pena de haber querido formar un club selecto de cotorras.

Los peces, al oír a las cotorras petardeando, dijeron:

—Estamos de acuerdo. Formar un club solo para peces, o solo para cotorras, fue una mala idea. Vamos a formar un club para todas las criaturas en La Isla.

Los coquíes, los cangrejos y las lagartijas juntos gritaron:

—¡Qué idea tan fenomenal!

Las cotorras estaban rebosantes de alegría porque los otros animales les habían perdonado su mal comportamiento. Hasta empezaron a apreciar las tonalidades verdes de sus plumas.

Y por eso hasta el día de hoy, todas las criaturas de Puerto Rico aprecian sus diferencias y viven en armonía en su dulce hogar en La Isla del Encanto.

el fin